El Paraíso de Abuelita

Por Carmen Santiago Nodar
Ilustrado por Diane Paterson
Traducción de Teresa Mlawer

Edición en inglés: Abuelita's Paradise

Albert Whitman & Company,
Morton Grove, Illinois

Text © 1992 by Carmen Santiago Nodar.
Illustrations © 1992 Diane Paterson.
Published in 1992 by Albert Whitman & Company,
6340 Oakton Street, Morton Grove, Illinois 60053.
Published simultaneously in Canada by
General Publishing, Limited, Toronto.

Printed in the United States of America.
10   9   8   7   6   5   4   3   2

Library of Congress Cataloging-in-Publication Data
Nodar, Carmen Santiago
[Abuelita's paradise. Spanish.]
El paraíso de Abuelita/Carmen Santiago Nodar; ilustrado por Diane Paterson;
traducción de Teresa Mlawer.
p.   cm.
Translation of: Abuelita's paradise
Summary: Although her grandmother has died, Marita sits in Abuelita's rocking
chair and remembers the stories Abuelita told of life in Puerto Rico.
ISBN 0-8075-6346-3
[1. Puerto Rico — Fiction.   Death — Fiction.   Grandmothers — Fiction.
4. Spanish language materials.]
I. Paterson, Diane, 1946-   ill. II. Title.
PZ73.N6418   1992   92-3767
[Fic] — dc20   CIP
                                                             AC

Con todo mi agradecimiento y amor
para Colita, Abuelita, Mamá y Mami
—cuatro generaciones de abuelas.   C.S.N.

Para abuela Cole.   D.P.

El papá de Marita coloca el sillón de la abuelita en la habitación de Marita.

–Tu abuelita quería que fuera para ti –le dice. Sobre el sillón reposa la manta de cuadros de la abuela, con la palabra paraíso bordada en la misma pero ya apenas visible por el paso del tiempo.

Marita se acomoda en el sillón de su abuelita y, sujetando la manta, comienza a recordar las historias que su abuela le contaba.

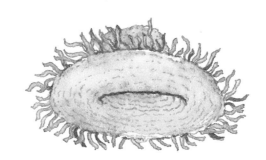

—Yo vivía en el campo en Puerto Rico —contaba abuelita.—
Allá en las montañas, donde las mariposas vuelan libremente.
Donde la noche asciende por las montañas y desciende otra vez.
Donde la luz del sol ilumina el día, y las cañas de azúcar parecen
tocar el cielo.

  —Cuéntame más, abuelita —Marita solía decir.

  —La mañana era aún noche cuando mi papá me decía en voz
baja: —Despiértate, niñita. Hoy vamos a ver gigantes.

—Después de desayunar, yo corría hacia el establo a buscar a
Pedrito y a Pablito, nuestros bueyes. Mi papá los enganchaba a la
carreta y se ponía su sombrero. Entonces partíamos hacia el campo.

—¿Usabas tú también sombrero, abuelita?

—Sí, uno viejo de mi papá.

Abuelita reclinó la cabeza y cerró los ojos.

–¿Cómo eran los campos de caña de azúcar? –preguntó Marita.

–Eran altos, casi tan altos como esta casa. Cuando soplaban los vientos alisios, el penacho de las cañas se mecía y se inclinaba en reverencias. Se elevaban como ángeles bailando y flotando en dirección al cielo. Papá parecía encogerse cuando se acercaba junto a ellas, y yo lucía como una hormiguita, decía él. Nos reíamos, y él me hacía cosquillas y me decía: –¡Cuidado o la caña se va a comer a la hormiguita de un solo bocado!

—¿Podía comerte la caña, abuelita?

Abrió los ojos, la miró y sonrió.

—Por supuesto que no, él estaba bromeando. Entré en medio del cañaveral, tomé un grupo de tallos y comencé a bailar con ellos. A lo lejos, podía escuchar el ruido de la caña que caía al golpe del machete. Entonces oí que me llamaba: —¡Hijita, hijita, sal de ahí, por favor!

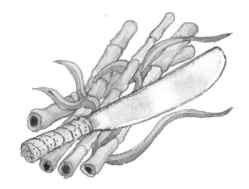

—¿Y saliste, abuelita?

—Sí, yo salí. Pero cuando papá cortó los tallos con los que yo había bailado, comencé a llorar.

—¿Y qué pasó entonces?

—Papá vio lágrimas en mis ojos y me explicó: —Crecerán nuevamente, hijita. Mira, las raíces quedan bajo la tierra y renacerán el próximo año. Es igual que cuando mami te corta el pelo. ¿Te crece de nuevo, verdad?

　　—Sí, papi —le contesté. Me levantó en brazos, dimos vueltas en círculo y lo abracé fuertemente.

　　—Luego, arrastré la caña, que estaba amontonada como un mar de estacas y heno, hacia la carreta. Trabajamos hasta el mediodía; entonces papá cortó una caña en pequeños trozos y chupamos el jugo de la caña durante todo el camino de regreso a la casa, para tomar la siesta.

Marita se acurrucó más cerca de su abuelita. Abuelita le acarició la cara y Marita le besó la mano.

–¿Dormías tú la siesta?

–No, me quedaba muy quieta esperando.

–¿Esperando qué?

–Por la reinita de Puerto Rico. Todas las tardes, desde el azul del cielo, entraba volando, por la ventana de la cocina, la reinita de Puerto Rico. Llegaba con un rayo de luz, buscando migajas de azúcar sobre la mesa de la cocina.

–¿Y qué hacías tú, abuelita?

–Trataba de hablarle en el idioma de los pájaros, pero sin resultado.

–¿Se quedaba mucho rato?

–Mientras quería. En realidad, no tenía miedo.

–Dime que otras cosas hacías cuando eras pequeñita como yo, abuelita.

–Les daba de comer a los pollos y, algunas veces, los desplumaba.

–¿Qué es eso?

–Arrancarle las plumas al pollo –le explicó abuelita.

–¡Así! Los dedos de abuelita comenzaron a pellizcar la barriguita y el cuello de Marita, hasta que se dobló de la risa y tropezó con la cabeza de abuelita, lo que las hizo reír aún más.

Marita le preguntó: –¿Por qué le arrancabas las plumas?

–Porque el pollo estaba muerto y mamá tenía que cocinarlo.

–¿Qué hacías tú con las plumas?

–Las guardaba en un cesto.

–¿Para qué, abuelita?

—En las tardes, cuando el sol se ocultaba detrás de las montañas y comenzaba a anochecer, nos sentábamos en el portal. Papá tocaba su bandurria, mamá hacía fundas de almohadas con tela de sacos, y yo las rellenaba con las plumas que había guardado en el cesto.

Abuelita las cubrió bien con la manta.
–Paraíso –dijo suspirando.
–¿Dónde está paraíso, abuelita?

—Mi Puerto Rico, lejos, muy lejos de aquí —dijo ella—. Por encima de los árboles y al otro lado del mar, hay una isla que es mi tierra. Donde los castillos y las fortalezas hacen guardia mirando al mar y, donde hace muchos años, llegaron los piratas en galeones, para arrasar la isla.

–Cuéntame más –le suplicó Marita.

Abuelita se meció y le dijo en voz baja: –El rocío del bosque tropical caía sobre mí; árboles, enredaderas, flores silvestres y helechos gigantescos me rodeaban; diminutas ranitas que viven en los árboles cantaban: Co-quí, co-quí y las cascadas de agua fresca dibujaban arco iris sólo para mí.

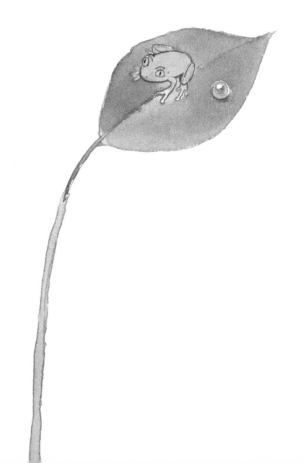

Cerró los ojos y suspiró.

–¿Qué más, abuelita? –preguntó Marita.

–Nos sentábamos mi mamá y yo sobre la mula, y mi papá nos llevaba por caminos de muchos recovecos, como laberintos en forma de herraduras, hacia monte adentro. De esto hace mucho tiempo, pero Puerto Rico siempre será el paraíso para mí.

Ahora, sola, acurrucada en el sillón de su abuelita, Marita puede percibir su olor, como las rosas del jardín.

Siente los brazos de su abuelita al cubrirse con la manta. Marita se mece despacito y puede escuchar la voz de su abuelita que le dice: –Vamos por el aire volando alto, como aves remontándonos al cielo.

Abuelita se mece más rápido y dice: –¡Sujétate bien que estamos en un carro loco! Se ríen y se abrazan y abuelita se ríe tanto que comienza a llorar.

Marita la acaricia y le dice: –Te quiero, abuelita.

Abuelita le pasa la mano por el pelo a la vez que le dice: –Mi niñita, mi querida niñita.

Pero la abuelita de Marita ya no vive, murió.

La mamá de Marita entra en la habitación, y se sienta con la niña en el sillón de la abuelita.

–Abuelita está en otro paraíso –le explica a Marita. Se abrazan una a la otra, y la abuelita las abraza a las dos.

Marita le dice a su mamá: –Algún día viajaré en avión, por encima de los árboles y a través del mar, para ver los castillos y las fortalezas a donde llegaron los piratas en galeones. Donde las cañas de azúcar parecen tocar el cielo, bailan y hacen reverencias.

–A abuelita le hubiera gustado mucho eso –le dice su mamá.

–Caminaré por el bosque tropical, sintiendo el rocío sobre mí, rodeada de árboles, enredaderas, flores silvestres y helechos gigantescos. Diminutas ranitas cantarán co-quí, co-quí y las cascadas de agua fresca dibujarán preciosos arco iris sólo para mí.

–¿Y después qué? –pregunta su mamá.

Marita apoya la cabeza sobre su mamá y le dice: –Montada sobre una mula, viajaré por caminos de muchos recovecos, como laberintos en forma de herraduras, hasta llegar monte adentro, y entonces. . .

Sosteniendo la manta de su abuelita muy cerca de su rostro, Marita se queda dormida en los brazos de su mamá y en el abrazo eterno de su abuelita.